歌集　みづのゆくへと緩慢な火

白石瑞紀

青磁社

みづのゆくへと緩慢な火＊目次

みづのゆくへと緩慢な火

I

たびねずみ

こつこつと指で鎖骨をたたくとき胸の泉にさざなみの立つ

すいと傘傾げてくれし青年と恋に落ちたし秋雨の朝

さくさくと林檎切り分けわたくしに降らぬであろう雪を思えり

焼きたてのパンの匂いも届けたし歩幅大きく坂をのぼりぬ

街や森が車窓の顔を透くゆえか見知らぬ人のように見ゆるは

たびねずみだったかもしれぬわたしたち海辺橋とうバス停に佇つ

よく笑う夢でありしよこの一日やわき心をとどめておかむ

じゃがいもの芽を抉り取りてのひらに冥王星のさみしきかたち

正面の若き男の口ひげが気になっている夜の医院に

〈不燃ごみ〉とシールを貼られ傘化（かさばけ）は電信柱に寄りかかりおり

マフラーにあごを埋めて歩みしが根津権現に呼ばれて入りぬ

春連れて歩くがごとしひかがみのあたりで揺れるシフォンスカート

地下に行くエレベータに乗りあわす人たちなべて放射線科へ

アフリカの打楽器が鳴るときがあるＭＲＩ装置の中で

唐突な別れ話をするようにハクモクレンがはたはたと散る

深草の阿羅漢さんに会いにゆくまろく揺るがぬわれでありたし

本堂の扉(と)はわがために開かれて砂曼荼羅の五色が燃ゆる

ごゆっくり、　とひとり残され観音のおわす浄土へにじり寄りいる

肩かしげ父が歩みて来むかもと戻り橋にて夜風にあたる

しろたえの雲の一刷け窓越しにカルピスまぜしスプーンを舐む

百合の花肩に担ぎて大股でゼブラゾーンを渡る青年

かなしみと折り合いをつけ生きてゆくことを「癒えた」と人は言うらし

狛犬

スーパーのレジ空いていて品出しの店員が言う「今日平和っすね」

診察券かばんに入れて坂下のまろきからだの狛犬を撫ず

エジプトのミイラのようだＭＲＩに収納されてゆくとき

「息、吸って・止めて・吐いて」の一連で時折「吐いて」を省かれており

いつの日か後悔する日があるのかな　がんばらないと決めたわたしを

今回は縦に切らせてもらうねと内診しつつ担当医が言う

全摘の手術をすると電話すればなぜだか母がごめんねと言う

肉球に触れたかりしよ狛犬の前肢に額(ぬか)そっと押し当つ

肉腫かもしれぬ腫瘍は子宮ごとわれから離れ検体となり

とりあえず肉腫にあらずと担当医が夕食どきにあらわれて言う

目覚めれば丸まっており薄氷(うすらい)を破るがごとく体を伸ばす

霊園に花びらが降り生者にも死者にも春はひとしく来る

人の輪の二重(ふたえ)三重(みえ)なる中心に細長き腕の阿修羅王たつ

「少しずつお進みください」人の輪が銀河のごとくゆっくり動く

青信号待つわが前をビル風に光のかけらが流されてゆく

教科書辞書平積みされて昼休みの生協書籍部混雑しおり

学術書何冊も持つ青年に挟まれわれは文庫を一冊

二千円札で払うにおっという口の形をするレジの人

一面に載りたる小沢一郎はいつも唇噛んでいるなり

翳りたる斜面の砂の冷たさを足裏で押して日本海見る

雨滝の原生林に還りゆく鹿の頭蓋は白々と美し

地下鉄の座席であれは梔子の匂いだったと思い出しおり

分け合うからおいしいのかもしれないねガラスの皿にさくらんぼ盛る

窓の空

「また明日」放射線科に行く父が通用口まで見送りくれぬ

次の手のあらざることを医師は告げ寝ぐせ頭を少し下げたり

病室は八階。緩和ケア病棟は平屋建て

筑波嶺も富士も見えざる病室には行かぬと窓の空を見し父

父の食む一口のためタッパーに梨をぎっちり母は詰めたり

左手の小指から死はひろがれり紫色のこゆびさすりつ

家族だけ病室に取り残されし数分間が『TIME TO SAY GOOD-BYE』

すべて『竹』と契約したり葬儀にも『松竹梅』のあること知りて

捺印をし終えて思い出したるは父と話しし鳥葬のこと

ぬばたまの黒き衣の族来（うから）て代わる代わるに父の顔見き

ワイシャツのピンクをほめてくれしとう元部下の名が名帳にあり

手際よく粒子の父を真ん中に集むる刷毛の動き見つめつ

ダンボールに父の私物を入れし音やけに大きく課内に響きぬ

（天国に）単身赴任中なりとセールス電話に母は言いけり

父の背がラッシュに紛れ地下鉄のどこかにあらむ黄泉平坂

スワンボート

ひとり来てホットサンドをレジ横に待ちつつ海が見たいと思う

的を射る音の聞こえてゆっくりと弓道場のわきを過ぎたり

晩秋の午前のひかり溜めているスワンボートの整列が見ゆ

行き先を巻き上げている路線バスが右折するまで眺めてしまう

日にいくど死を思うだろう噴水の水が循環しているように

玄室に射しくるごとく落日が廊下を照らす一時（いっとき）に遇う

市役所が手すりをつけてくれたとう平屋に祖母がひとりで暮らす

大叔父の死が地方紙の記事となり大往生にあらざるを読む

酔えばなお聞きとることの難しき山形弁がもう聞けぬのだ

弟を亡くしし祖母に電話口で元気かなどと言ってしまえり

一滴も涙が出ないと祖母が言うなんでだろうねと張りなき声で

警察から戻され次第密葬をすると聞きおり通夜はあらざり

いつからかどこからか死はあらわれてわれの周りをゆらゆら踊る

メンコ打つようにPASMOを打ちつけて改札抜ける初老の男

地下鉄の階段のぼれば白石家式場という看板に遇う

せんなきこと

交差点みおろしながら食べている春のてんぷらわずかに苦し

水脈(みお)をひくテールライトのあかるさがとぎれぬ街に春雨の降る

本を持つ手のかたちにて万葉集読めと言わるる夢より覚めぬ

駅まえで夜桜見上げ少しだけせんなきことを考えており

川面へとさくらの枝のなだるるに和船のうえのひとの手が伸ぶ

花を見て帰ると友が駅ひとつ乗り越してゆく四月の電車

「桜色、山駆け登る」という写真なみのさんちがこの中にある

ここまででいいと言いたる人の表情(かお)が西陽にまぎれうまく見えない

あの夏は暑かったのか　窓越しの青空だけが記憶より出づ

背上げせしベッドに胡坐かきながら死は怖くないと父は言いき

「予定より早すぎるが」と豊水の果汁に指を濡らして言いき

仏壇に濃く果物の匂うとき父が味見をしていると思う

定年後するはずだった篆刻の入門書の背が棚に色褪す

墓参とは決して言わざり〈別宅〉に行くとう母が帽子を被る

ひかりを運ぶ

全摘を決めし日ひとりクリスマスイルミネーション眺めに行きぬ

臓器ひとつどうってことないわれはまだひかる時間の真ん中にいる

東京の空に見つくる流れ星「万一」という事例を思う

カーテンで遮られたるプライバシー人が通ればひらひらと揺る

しょうが焼きのレシピを聞きて帰りゆくひとのスーツの丸き背が見ゆ

縦に切ると言われたるわが腹の上に美容ローラー転がしており

幾重にも本人確認されこの名ほんとうにわれの名前だろうか

絶え間なき痛みに眸を閉ずるとき闇に獣の目が光りいる

巻きひげを点滴台に絡ませるごとく廊下を進みてゆけり

看護師に構わるること減りゆきてシーツのほころび目を見つけたり

灯る火のあらざる洞にわが卵はいまもひかりを運びいるらむ

地上口に切り取られいる空のなかエンドロールのごと雲流る

みずうみ

うしないし半身のことつや消しのメタルのような声で読み出す

その声がふるえるたびにさざ波のたつみずうみのほとりを思う

思い出の少なきわれに残るもの「歌をやめたらあきませんよ」

なに色のコスモス咲いているだろう岩倉長谷町三〇〇－一

ストールを巻きなおすひとの背景に新幹線がゆっくりよぎる

生きている、とは変わりゆくことならむ父の勤めし社屋はあらず

数寄屋橋に近いからだと父は言いき入社理由を聞きたるときに

おいしいと言いしに父は木村屋のあんぱん何度も買いくれたりき

休日の銀座通りにシャンソンが流れてゆるき歩調となりぬ

おばあさんが杖を支点に揺れながら『枯葉』のメロディー口ずさみおり

ただ一度昏き器を訪れき河野裕子をまだ知らぬ頃

「お母さん、琵琶湖は海だ」遠足を終え七歳のわれが告げたり

さざ波のひかりがあまた広がれるわれの記憶の中の淡海

通勤に近江屋のうら通り過ぐわれに親しき〈近江〉という語

灯りうつくし

ポケットにチョコを多めに入れてゆくわれにもきっとある帰巣性

帰らむと歩道に人があふれいて知らない人と話したりする

人混みのなかで大きく息をつく永代橋が見えてきたとき

大川の匂い吸いこみ夜に立つスカイツリーの灯りうつくし

何事もなかったように土曜日の朝ゴミを出す階段下りて

地震なのかわれだけ揺れているのかがもうわからない　指が冷たい

スーパーに行けば揚げたてコロッケやかぼちゃの煮物がならんでおりぬ

風上に向かえば顔に白木蓮の花びら当たる叱咤のごとく

いわき市の友に宛てたるメール便三週間をかけて届きぬ

添え状にどんな言葉を書いたろう脳天気なる9日のわれ

まひるまの青空あわくなるころに坂道くだる桜めがけて

上を向く理由がほしい遠まわりして花咲ける並木道ゆく

でも下を向いても春は花韮の群れなす星がわれを待ちいる

「ウソだった」と歌う人いて神話とは事実と違うこと語るもの

本当に疲れたるとき買い置きのリポビタンD思わざるなり

パラパラマンガ

昨日より太き声もて蟬の鳴く並木を日傘傾げて歩む

病院にはいつも一人でゆくからに母は結果をひとりで聞きぬ

一時間八十ミリの雨が降るごとき病期(ステージ)Ⅳというもの

お母さん死ぬのと問うにいつかはと応うる母の顔の見えねば

のどにすむ蝶の片翅とると言う右か左かどちらかの翅

金曜は休みにくいと手術日を手帳に赤く書きつつ思う

一部屋を二人の医師で分くるこの場所で告知をされたり母は

人間の喉の上から下までをパラパラマンガのように見せらる

右側が大きいでしょう。パラパラを止めて主治医が指す甲状腺

予想より大きかったと先生が甲状腺を目の前に置く

肉色のその塊は円筒のケースの中でわずかに動く

透明の手袋をして先生が喉の部分をさささっと描く
ああそんな季節か深く息を吸う金木犀が路地に匂いて

矢印を持つ

大好きな町に行くのにぐずぐずと『てっぱん』見ており鞄を持ちて

たくさんの椅子が並べる会場に大きな笑みが花に包まる

封筒に挨拶状を入れながら歩く姿を探してしまう

矢印を持ちいるわれに会釈してゆく人多し『塔』の人ならむ

何百という人たちが矢印の指す方向に歩いてゆけり

ばさりとう音近ければ白鷺がいまし大きく頭上を渡る

泣かないと決めていたのに四つめの弔辞のときにあふれてしまう

お盆から一輪とりて歩む間を硬くありたる白菊の茎

八十歳(はちじゅう)になってもいっしょに歌会に行こうね、という約束がある

面差しのよく似たひとがコスモスの鉢植えひとつ手渡しくれぬ

「ありがとう」といくども言いて会場を回れるひとの隣の空間

歩みゆくリズムで揺るるコスモスと東京駅の改札通る

高安

どの部屋の力士なるかを知らざれど高安という四股名のよろし

買いしままの高安国世全歌集右手で傾げ箱より出しぬ

歌や言葉を読みゆくうちに生前を知らざるわれが出会うそのひと

やわらかき色のあられがスーパーに並び始めて三月がくる

つよくひとを想うかたちのくきやかさ言葉はやはり無力だろうか

「一年が流る」にあらず遺されしは一日一日（ひとひひとひ）を積み重ね生く

信号を待ちて気づきぬジャスミンをたっぷり咲かす家のあること

地下鉄の暗がりよぎり樗谿（おうちだに）よりほうたるが眼裏に来る

生まれたての蜻蛉を代わる代わる見る雨上がりたる朝のさ庭に

うすらいのようなとんぼの翅ひかる美（は）しくあらむとしてあらざるに

ゆるゆると鳰照る月見坂のぼりモリアオガエルの卵に出会う

吹き流し笹のあわいの願いごとそよぎておりぬ病院の庭

マンションに掲示されたる御神輿の駒番表を朝夕に見る

「週末は御神輿ですね」挨拶に続けて話す八階の人と

道路沿いに例大祭の幟たち交通規制の看板が立つ

泥のついた足袋は洗うなと張り紙がしてある角のコインランドリー

＊

道修町とう標識のあるを見る　高安国世の生まれし辺り

ゆくりなく川の匂いす炎天を中之島へと橋わたるとき

押し照るや難波津の歌思ほゆに水上バスは大川に入る

スローファイア

さあさあと銀の雨降るレコードのノイズのような音たてて降る

フォローアップさるるからだの重たさよ臓器のひとつ失せたるからだ

カーテンの裾にからだを分けられぬ内診台がじょじょに上がれば

いいですね何もないです。超音波画像もやもや映るモニター

樟のみどりが塀をはみだして歩道とわれに樹雨を降らす

雨の日はほこりのにおいたつ書庫にながく潜みぬ配架をしつつ

天金の昏きをぬぐいやりたれば人差し指の腹がくすみぬ

メイルにて捜索願い出されたる本がとなりの書架で見つかる

襟にゆび入るるがごとく花布（はなぎれ）のあたりに指をひっかけて取る

返却の古き雑誌の折り目から茶色のページぱきんと割れる

大丈夫にはあらざれど「だいじょうぶ」とのどの割けたる本を受け取る

取扱注意のしるし　白ひもを資料にかけて天で結わえつ

酸性の雨に打たるる森あるを思う白ひも十字にしつつ

紙の酸性劣化をスローファイアと呼ぶ

三分で自動消灯する書庫にスローファイアがてんてんと燃ゆ

〈緩慢なる炎〉をわれも持ちおらむ紙片のごとく毀（こぼ）るるなにか

酸つよき感情の名をわれは知らず夜の湯船に湯が冷えてゆく

膝がしらに前歯の凹みただ膝を抱え座りていしと思うに

初雪を手に受けながら種としての滅びの側にわれがたたずむ

ニンゲンとならずに卵(らん)は東京に降る雪のごと消えゆくならむ

II

肉筆

かくかくとブロック体で書かれゐき名刺の裏の父の筆跡

地下水のやうだ記憶は。丁寧に字を書く人でありしよ父は

若葉集の詠草用紙伸ばしゐて歌の仲間の肉筆を見る

さみしいなんてうたふなといふその人がまじめなかほでさみしいよつて

思ひ出すたびに記憶は書き換はるやうな気がして　鳥が横切る

湯を沸かすあひだに夢はうすれもうあなたのかほを思ひ出せない

泣き切つてしまふのがいい曇天を映せる水に舫ひ船揺る

ポケットに枯野を折りたたむ歌のありあなたには草原がある

ささくれ立つ唇に触るわれが火を打つべき枯野いづこにかある

直ちに健康に影響はない　言はれてわれら二年（ふたとせ）になる

原爆の三十倍の威力といふ隕石落下の譬へがきらひ

ゆめぴりかといふ名見るたび朗らかに笑ふ短歌の友を思へり

書籍落下防止装置を取り付けて図書館の地震対策終はる

花入れの水拭き取りきさんぐわつのその日わが家で倒れたるもの

散らばれる桃の花びら集めたるあひだにもまた余震のありき

なづきには紙魚が棲むらしぽつぽつと穴のあきたる記憶をめくる

蔵前でお相撲さんが乗り来るに鬢付け油の香のやはらかし

ありがたうたのしかつたと君からのメイルをしばし手のなかに持つ

火

両の手でぱたむと絵本閉づるごとゆきたしとつぴんぱらりのぷう

執行をされたる人を呼ぶときの苗字に続く「元死刑囚」

あをき色のさまざま交じるさかひめを見ようと波に足を突つこむ

鉄骨より小鳥のこゑがあまた降るあふのきてのち頭（かうべ）垂るるに

氷砂糖日ごとに溶けてゆきたるを梅のかをりのそのさきに夏

あなたのはしづかな怒り胸底に熾火のあるを知る人ぞ知る

たとへば火、絶やさぬことを思ひゐる手のひらの丘指で押しつつ

暗闇がふかぶかとある抽斗を下段からあけ浴衣選びぬ

このつぎは螢に生まれこむと言ふ橋の上(へ)に立つ君の横顔

暗がりにみづは見えねどほうたるのひかりが揺らぎ水面(みなも)とわかる

川の面を見下ろしながらしづかだと君は異界に半身入るらし

ルシフェラーゼ、と言へば笑へる君のゐてひとつの歌をともに抱きぬ

ほうたるを包まむとしてひとの手はいともたやすく離れてしまふ

耳たぶにしろがねの羽根ゆらせつつ若き男が文庫本読む

面会のカードを書きて守衛から面会証のシールをもらふ

ああ月がきれいですねとイヤフォンのコードほぐれぬまま歩きだす

暮らしてはゆけない土地のうつくしく望遠鏡に見たる月面

春の落葉

その朝の実験棟を過ぐるときザムザザムザと低き声のす

おじやましますといふ気分にて前任の設定のままパソコン使ふ

あづさゆみ春のらくえふ積もれるを守衛が道の端に掃き寄す

図書館に携帯電話ふるへるをとほく春蟬鳴くと思へり

『Angewandte Chemie』
発音のできぬ外国雑誌には自分勝手なあだ名をつける

桃色の便覧めくる本館の地下に動物飼育室あり

ストレスには太田胃酸と吊り皮がカーブのたびにいっせいに揺る

夕暮れのなかに笑顔のはがるるを春の落ち葉に交ぜて歩きぬ

出入り口のマット歪むを片足でなほしてをりぬ日に幾たびか

奥に引つ込んだ壁からシャワーヘッドが生えてゐる

空間をすこし侵して見上ぐるに緊急シャワーの複眼と合ふ

待つことも待たるることももうあらず渡り廊下をそぼつ霧雨

高木を見上げてゆけばジャカランダ異国の春を満開に咲く

書架に行くなんども書架に見にゆかむ頭に地図ができあがるまで

まだどこか体に沿はぬ白衣着て学生たちがロビーを通る

落葉はいつしか終はり守衛所の前に守衛がただ立つてゐる

教室とガゼル

「3番は毎時間遅刻」前日の担当者より引継ぎのメモ

男の子の写真照合やりやすし眼鏡があるかないかくらゐで

正しくとも「調整中」の貼り紙で盤覆はるる教室の時計

問題のひとつも解かぬわが脳に休憩のたび糖を補給す

サバンナのガゼルのやうに休憩の廊下をはねる男の子たち

問題と解答用紙持ちゆけばガゼルの群れがぱつと散らばる

教授から開始の合図あるまでのひととき子らは植物となる

そよがざる教室のなか秒針を見つめて杭のやうに立ちをり

五回目の注意事項を読み上ぐる教授の口が回らなくなる

お疲れ様と言はれたやうで振り向けば夜を背負ひて裸木の立つ

字母と雪

三月のその日大きく揺れたるに活字棚より字のなだれけり

印刷機はいくたび波に濡れにけむ活字はみづに潰からざりしが

廃業ののち三階の字はすべて産業廃棄物となりけり

とりあへず持つて帰れるだけの字を土嚢袋に詰めたると聞く

地下鉄に運ばるるわがうちがはに字母並べむとするわれのをり

肉筆でJAPANと書かる異国には異国の雨のにほひあるらむ

羽根ペンのやうなる雲の流るるに青信号をひとつふいにす

帰省するバスの窓より見る冬田アップルパイを膝の上に置き

数日の帰省にあれど新しき羽毛布団がわがためにある

やみくもに食べたくなつて買ひにゆくベーカリーにはカレーパンあらず

手紙はもう結構ですと天に言ひきざはしのかどに靴底こそぐ

さざんくわの咲きゐる枝の両腕を空にさしあげ雪だるまをり

陽の当たる道をあゆめば側溝に雪解の水のたえなく流る

廃業の〈ラーメン誠〉に降りしのちあたりにかたく雪は凍りぬ

雪だるまづくりが下手になつてゐてなんてつまらぬ人生だらう

なにひとつ破られてよいものはない団鬼六もアサヒグラフも

今朝もまた電子レンジをいくたびも使ふ電気が東京にきて

戦ぐ

悼むとも偲ぶとも違ふ（めめんともり）父がひよつこり会ひに来るのだ

当たり前のやうにこたつに父がゐる草加せんべい片手に持ちて

その声を忘れたるゆゑわが夢に微笑むのみの父であること

ならば雨はことづてだらう銀(しろがね)の空ゆ落つるをてのひらに受く

鳥の名をネットに問へば羽づくろひ終はらぬうちに応へ返り来

「バン」「鶴」とスマートフォンに顔寄するヒトを見つめる鶴といふ鳥

ここまでの運転士さんが座布団をわきにはさみてホーム歩めり

いつかくるわかれのことをにじませて君のメイルは明るく終はる

はなみづき葉桜さやと鳴りゐるをそよぐといふは「戦ぐ」と書きぬ

そのまなこにひかり映して少年がカラシニコフといふ銃を持つ

知らなくともよいことが違ふ四十五歳（しじふご）のわたしは銃の重さを知らず

降つてきた。手のひらで頬ぬぐふとき海にゆかない雨粒これは

見えずとも分水界のあることの、さやうならとも言はずに別る

軒先のお祭り提灯しまはれてここより夏はゆるり去りゆく

ほんたうは君を見てゐつ横がほの向かふに上がり崩るる花火

屋上への扉は施錠されてゐて空つてこんな遠かつたつけ

細きひものほそきヒールのサンダルを履かずに箱にしまふ夏ごと

出鱈目な鼻歌うたふひとときに飛行機雲は空の轍だ

ひだりうま

曲がるたび左右に海が入れ替はり三陸リアス海岸はしる

はじめからこんな緑であるやうに草草は伸ぶ基礎をおほひて

海中（わたなか）の記憶を持てるこまいぬのふくらかな前肢にふれゐつ

鹿折をバスは通りぬこれはまだ乾ききらずに血のにじむ傷

知らぬまに腹に手のひらあててをり残りつづくる傷痕のある

二年（ふたとせ）と三月（みつき）を陸（をか）にゐる船の喫水線は頭上にありぬ

第18共徳丸を見上ぐれば舌が感ずる幾滴の雨

高台のホテルより見つ火の海になりたるといふ入り江しづけし

階段の鉄の手すりを押し曲げて波が行きけむその力をや

花々の献花台よりあふるるを　われはもろ手に持つものあらず

連なれる鶴をととのへ花殻を集むるひとのうつむく角度

よどみなく庁舎のことを語りゐるガイドの声が風にながるる

早馬神社で授与されたお守り

ひだりうまのちひさき駒を東京の日常にゐてときどきにぎる

うみをゆく舟

動力を積まざる舟で海原にゐるとき星は標、見上げて

自転車の鍵をさぐればポケットのなかで最初に触るるクリップ

いつまでも並んでゐられるわけもなく鞄の持ち手握りなほして

たましひが強くあなたを呼ぶやうな風に雨傘ぶるぶるしなる

ふかくふかく皮膚に沈むるメラニンのごとく死にたい気持ちがありぬ

みづうみの先の海まで行きませうあなたは舟のうへに佇み

この舟はなんでも載せてしまふから気を付けるのよ、覚えておいて

時をりは歩きて浅瀬わたりゆく鴨のおなかに川がふれゐる

日高川草子二首

捨てらるる女の絵巻見てをりぬ大蛇に変はるほどのおもひを

逃ぐる逃ぐる男をわれは卑劣とぞ思ふ男の正義は知らぬ

バス停がみつけられねば駅までを歩くいくつもバスに越されて

革ひものさきのまがたま調子よく歩く速度に胸をたたきぬ

雨脚がしろくわたしを閉づるゆゑ明日のわたしはにはたづみだよ

その響きロシアあたりにありさうな名だと思へりエドユキスキー

焼き茄子

この辻に沈丁花かをるマフラーをはづして歩く春ちかき宵

たばこ屋の角を曲がつて行つたつけ記憶の路地はいづこにかある

犯人を殺害したとキャスターが告ぐ銃撃の映像のむかう

さくらんぼ農家でありし家のこと祖母と母とが互みに話す

祖母と母のふるさとに立ちふかく吸ふわれの記憶になき土地の風

千鶴ちやんに回転焼きつて何と訊くわたしたち違ふ土地に住んでる

番号で呼ばれなれない人の名を看護師さんが大声に呼ぶ

傘袋を片手で傘に穿かせつつ待合室に人が来るなり

「来年はいつしよに」と打ちかけて消すバスの車窓にふいに海見ゆ

海境を舟でゆくとき月かげは水脈のかたちに揺らぎつつあり

しづかだね目を閉ぢてきく波音がわたしのからだけづつてゆくよ

ほんたうにわたしでしたかみづきはで君を呼んだといふそのこゑは

夕つ方とぢたる蓮の花を見つ甘えてゐてはだめだと思ふ

会はざればこゑを出さざる一日かな焼き茄子の皮剝ぐあちあちと

ベランダの南の国の植物が涼しさのなか葉を落としゆく

本のかたちで

俯きて図書館に来て俯きて出でゆく子らの手のひらの画面

なだれしを知らざる子らが書籍落下防止のバーを下げつぱなしに

学生はカード目録知らざるにないことになる蔵書の一部

いそのかみふるき資料をシステムに入力せむと割烹着きる

歳月はグレーに積もるものであり資料の天を掃除機で吸ふ

ぼろぼろの革の表紙をさはるとき赤茶の粉に指は汚れぬ

柔軟さは強さであるね変色せしページ捲るとほろほろ毀る

あつと声出でてしまひぬこのやうに折れてもどらぬ心もあらむ

東京都立図書館資料保全室見学六首

うすき和紙の向かふに作業するひとの見ゆ　羽衣はこのやうならむ

「リクタカ」の資料見ますか？「リクタカ」は陸前高田市立図書館

三年をすぎて持ち込まるる資料「文化財」にはならぬ郷土の

いちはやく「吉田家文書」は救はれきトリアージとふ言葉をおもふ

※吉田家文書…岩手県指定有形文化財

これは本のかたちでのこさねばと言ふ。ガリ版刷りの肉筆の掠れ

鉄扉に守られしゆゑ流されず郷土資料はそこにありけり

なめらかに一回りする秒針ととくとくと音立つる秒針

非常時の資料搬出班としてわが名を記すマニュアルがあり

ドア開きます

間違つて海へ行くバス来るのなら間違つて乗る海へ行きたし

くちひげのある魚(うを)のゐて真中さん、真中さあんと呼びをれば来ぬ

イルカショーのプールは外にひらかれてとほく新幹線が走るよ

ショーに出ぬイルカの尾びれ見えてゐるショーのプールの奥の水面

雨の日は雨の真中に立つてゐる黄金の木を口あけて見る

覆水は盆に返らずそのみづはいつかわたしに還りくるらむ

寒いのはさびしいからか手のひらを臓器の足らぬ腹に当てゐる

日本海側で時雨れてゐると言ふ寒きからだで川沿ひをゆく

さみしいと言はばあなたは困るだらう凭れゐるドア次開きます

螺子ひとつ床から拾ひ棚に置くさみしいことをシェアしたくない

でも、夜鷹。星になるまで飛んでゆくための翼がわたしにはない

あかねさす真昼の月を見上げゐる人の頰骨ななめより見る

川にかかる橋から次の橋を見る記憶のなかの光景に似る

古き小さき狛犬さんをいつまでも撫でてゐたしよ雨に濡れつつ

春告ぐる雨やはらかに街に降りこれはあなたへ贈るものだよ

川に降る雨の細さを思ひ出すあなたと別れ歩きし春の

昼に見し夢の荒唐無稽さよなんでこんなにさみしいのかなあ

とととと走る

夢にきてくれてありがと。公園の垣根に咲いてゐる椿に言ふ

三日月が水面に映る夜ならばなほよし舟が岸を離るは

武相荘の小道で見入る風神が気まぐれに花散らしてゐるを

ハルシオンがねむりをつれてきてくれるはつかわたしは真闇に浮かぶ

放射線科受付に行くグリーンのラインに沿ひて歩いてゆくに

受付が吉川宏志さーんと呼ぶ知らないよしかわひろしさん来る

五十七のかほのままなる父がゆく四十七なるわたしの前を

軒先に点く迎へ火のかたはらを過ぎ来て大き茄子焼いてゐる

楡の木のよこにあなたが立ちゐしを記憶にしまふ風景として

生きてゐて一年ぶりの霜月だ深川酉の市のポスター

夜のなかを熊手御守携へてゆく提灯がともる場所まで

夜の市にひとが集まり掛け声と手締めの音が響きわたりぬ

異界へも行けるだらうよ夜にたつ市のまはりをかこむ漆黒

ビルとビルのあはひの小さき稲荷社にあぶらげ二枚供へられをり

通販に買ひ来しことを言ひたれば三月書房の店主微笑む

誠光社の書棚の本の背表紙がページめくれと言ふので困る

見てをらぬすきにとととと走るらむ尾羽揺らして若冲の鶏

養源院に宗達さんと呼ばはるを聞きつつ白き象と向き合ふ

けふの夜の雨あたたかく濡らしをり三条大橋の木の欄干を

晩夏光

win-win と宰相が言ひたまふとき誰もが敗れたるものを見ず

遠しともまた近しとも思はれぬ明治時代の新聞を見る

戦争といふ高揚か一日に号外いくども刷られてゐたり

前号が発売禁止なりしとふ雑誌のありてペンは闘ふ

祖父（おほちち）は明治に生れき平成を知らずに死にき　頁をめくる

詩にあらば言ひかへることもあるだらうだが戦闘は戦闘だよな

忠誠ではない従順は、さりながら上司に返す承知しました

うて、といふ命令あらば引鉄を引くのだらうかわたしの指は

足音のせぬ靴を履きいつもより早い電車でキャンパスに行く

関係者以外立ち入り禁止とふ貼り紙のある扉をあける

腕時計合はせる試験監督者室に時報の女声が流る

Ｋ教授は手巻き派である外国にゐても心配あらずと笑ふ

お手洗ひの希望がひとりありたるにあちらこちらで手が挙がるなり

五、六名まとめてトイレに連れてゆく帰りに別の一団と会ふ

楽しさうに仕事すべしと言ひ給ふH教授の最終講義

学位記と引き換へし学生証を揃へてゐたり教室の隅に

*

ミュシャの絵の輝よふ星を数へをり翠雨のやうに触れてほしくて

【業務外】流しさうめん大会のお知らせメイル受信す　夏だ

蟬しぐれその瞬間ゆ止みけむやその夏の日のことをぞ思ふ

「被爆地は到底理解できません」田上市長の静かなるこゑ

わが家には胡瓜の馬のあらざるに父を迎へに行かむかと言ふ

母の帽子かむりて花入れ洗ひたりしんと冷たき霊園のみづ

死に方を調べたことがありますか。産業医が問ふ死にたしといふに

できる人にはわからぬよ晩夏光ファミリーマートがなくなつてゐる

あとがき

平成最後の誕生日に歌集を出そう、と口走ってしまったのは昨年の誕生日だった。

短歌ユニット「ととと」のメンバー永田愛さんと藤田千鶴さんとで奈良旅行をした夜だ。

わたしは歌集を出すつもりなどなかったはずなのに、あの時はどうかしていたとしか思えない。

年が明けてしばらくして、平成三十年十二月二十三日に歌集のW刊行をお願いしたいと青磁社に相談すると

「やったことはないけれど、やりましょう」

との返事をもらった。

途中「進捗ダメダメです！」というメールを送ったりして、本当に刊行できるのかと思うこともあったが、なんとかしてくれるそうだ。

歌集には、塔に入会した二〇〇九年から二〇一七年までの歌を編年順にまとめた。二〇一三年から歴史的仮名遣いに変更したので、II章から仮名遣いが異なっている。

繰り返し同じようなモチーフで詠んでいるが、その時のわたしには必要な歌だったと思っている。

塔入会前、笹公人さんにはカルチャースクールで大変お世話になりました。好きな歌人のいる結社に入ればいいんですよと背中を押してくださったから、今があります。本当にありがとうございます。

入会後、東京歌会の皆さんには大変お世話になりました。よく勉強させていただき感謝しております。年に一、二回しか会わないにもかかわらずいつも温かく迎えてくださる東北歌会の皆さんにも感謝いたします。
さまよえる歌人の会で出会った皆さんにも御礼申し上げます。
永田愛さん、藤田千鶴さん、小林真代さん、いつもいつもありがとう。
装幀の濱崎実幸さん、すてきな本にしてくださり、ありがとうございます。デザインを見た時鳥肌が立ちました。
最後に、永田淳さんには選歌から出版まで大変お世話になりました。深く感謝申し上げます。

平成三十年　晩秋

白石　瑞紀

著者略歴

白石 瑞紀（しらいし みずき）

1968年12月23日　大阪府生まれ。
大学で図書館学を専攻、卒業後大学図書館に勤務。
2009年　塔短歌会入会。
2016年12月　藤田千鶴、永田愛と短歌ユニット「ととと」結成。

塔21世紀叢書第342篇

歌集 みづのゆくへと緩慢な火

初版発行日　二〇一八年十二月二十三日
著　者　白石瑞紀
定　価　二五〇〇円
発行者　永田　淳
発行所　青磁社
京都市北区上賀茂豊田町四〇－一（〒六〇三－八〇四五）
電話　〇七五－七〇五－二八三八
振替　〇〇九四〇－二－一二四二二四
http://www3.osk.3web.ne.jp/~seijisya/
装　幀　濱崎実幸
印刷・製本　創栄図書印刷

ISBN978-4-86198-421-1 C0092 ¥2500E